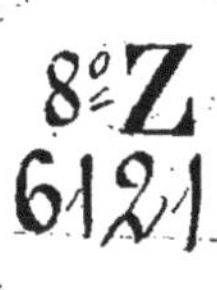

ULYSSE DUFFA

Troisième Poignée de Nouvelles

PARIS

J. MERSCH, IMPRIMEUR

4bis, AVENUE DE CHATILLON, 4bis

1906

ULYSSE DUFFA

Troisième Poignée de Nouvelles

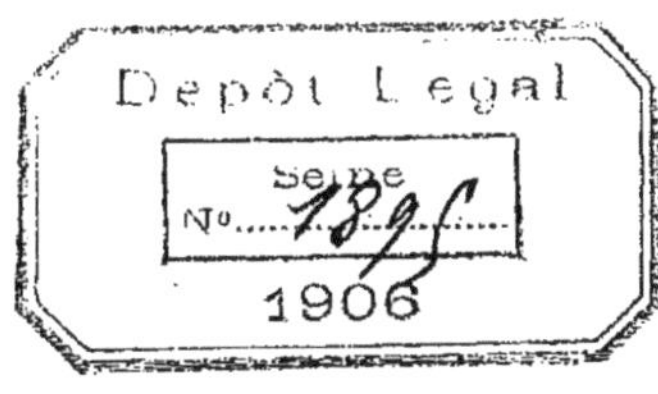

PARIS

J. MERSCH, IMPRIMEUR

4bis, AVENUE DE CHATILLON, 4bis

1906

Anecdote de la Vie de Caserne

OU

Lettre d'un soldat à sa Fiancée

CAPORAL, me dit, un jour, le soldat Picavet (en me prenant à part dans la chambrée), je voudrais vous demander un service.

— Lequel, mon ami... Parle...

— Je voudrais vous prier de me faire une lettre.

— Quand tu voudras, mon ami. Tu peux compter sur moi. Est-ce tout de suite? lui demandai-je.

— Non, pas tout de suite.

— Pourquoi... pas?

— Parce que... Parce que, j'ai besoin de réfléchir.

Et, il alla s'étendre comme un lézard sur son lit, en proie à de sérieuses réflexions.

Une heure après, je le vis se lever précipitamment, traverser la cour en courant, pénétrer à la cantine, sise derrière les écuries, à gauche du bâtiment B.

Il en ressortit quelques instants après, porteur d'un petit rouleau de papier à lettres qu'il venait d'acheter, et, rentré dans la chambrée, en détacha une feuille, qu'il posa délicatement sur la grosse table de chêne, après qu'il l'eut préalablement débarrassée des gamelles qui l'encombraient et du bouillon répandu partout à profusion.

Ceci se passait après la soupe du soir.

C'était l'heure la plus propice pour écrire. Les soldats, n'étant plus retenus par le service, se préparaient à sortir, empressés, selon leur coutume, de profiter de quelques heures de liberté, soit, pour aller traîner leurs guêtres blanches sur les bords fleuris de la Loire, soit, peut-être bien, pour se rendre à quelque rendez-vous galant, auprès des jouvencelles d'alentour.

Que voulez-vous! elles étaient si appétissantes, avec leur petite coiffe blanche, et leur croix d'or.

Il fallait les voir, à la musique, le dimanche, papillonner autour de nous, nous fascinant de leurs yeux doux... si doux.

O gracieuses Tourangelles! Que d'agréables souvenirs, en nous, réveillez-vous?...

Nous étions jeunes, alors... Vingt ans!...

Et voici qu'à présent, nos cheveux grisonnent et bientôt, hélas!... seront blancs.

Comme c'est loin, déjà, dans le passé...

Ne soyez donc pas étonné, cher lecteur,

si, ce soir-là, les petits troupiers s'enfuirent comme une volée de moineaux.

En un clin d'œil, la chambrée devint déserte.

Restés seuls, Picavet et moi, nous nous assîmes autour de la feuille blanche.

— A qui écrivons-nous ? demandais-je à Picavet.

Il commença par se gratter le nez, sans cependant me répondre. La tête entre ses mains, il se replongeait en des méditations profondes.

— A qui écrivons-nous, te dis-je, une seconde fois. (En frappant du pied.)

— Eh bé, à la Marie, pardié. (C'était à sa prétendue.)

Mais, avant de vous donner connaissance de sa lettre, permettez-moi de vous présenter : Louis-Eugène-François Picavet, soldat de 2e classe, à la 3e compagnie du 2e bataillon en garnison à Blois. — Il était originaire de Tarbes. Son enfance s'était écoulée au milieu des bois, ce qui l'avait rendu un peu sauvage. Son père, qui exerçait la profession de bûcheron, voulut qu'il prît aussi ce métier. Il n'avait pas encore dix ans. Entre temps, il fréquenta l'école communale, jusqu'au jour où ses parents, s'étant aperçus qu'il lisait couramment dans un journal (eux ne savaient pas), lui dirent qu'il en savait assez pour se tirer d'affaire. Et, il quitta l'école pour toujours.

Voilà pourquoi il ne savait pas écrire.

A son passage au régiment, il a laissé le souvenir d'un excellent soldat. Il fut à la fois, bon tireur, intrépide marcheur, dur au service, bon camarade, aimé de tous, et particulièrement de son caporal. Il eut son certificat de bonne conduite, et les galons de 1re classe.

Ceci dit : voici, maintenant la lettre que j'écrivis sous sa dictée. Je vous la donne dans toute sa simplicité, sans y rien changer.

« Blois, ce 21 octobre 1879.

Ma chère promise,

« J'en ai appris de belles sur ton compte. Le grand Sylvain, que tu connais comme moi, qui vient de rentrer de permission après Pâques, m'a tout dit... tout. Ce que j'ai appris m'a révolutionné le sang.

« Je ne puis plus dormir, manger, ni rien faire.

« Juge un peu... Il paraît que tu te laisses courtiser par le petit Justin, tellement bien, que tout le monde en jase. Il passe tout son temps à rôder autour de toi, ne travaille plus, te suit comme ton ombre...

« La nuit comme le jour, vous ne vous quittez plus.

« Est-ce vrai, tout ça, dis?... Tiens, l'autre jour à la Botte (fête), vous avez dansé jusqu'à l'aube, en vous embrassant autant de fois qu'il y a d'étoiles au ciel.

« Crois-tu que cela m'a fait plaisir, que de l'apprendre. Qu'est-cequ'il cherche, ce Justin, après toi... Le sais-tu?... Je vais te le dire moi. Il cherche une occasion favorable pour te compromettre. Prends garde, ma chère Marie, ne te laisses pas prendre en faute ; autrement, je ne pourrai donner suite à la promesse que je t'ai faite de devenir ton époux.

« Ne te laisses pas gagner par les cajôleries de cet hypocrite, qui sent le bouc à une lieue. Renvoie-le à ses chèvres, et cesse de le fréquenter.

« Tu sais bien qu'il est trop riche pour toi, le filou, qu'on le connaît de vingt lieues à la ronde, comme un coureur. Ce qu'il cherche? c'est de t'attraper, de te mettre dans l'embarras... Et si, jamais, il y parvenait, il aurait vite fait de te planter-là.

« Je crois bien, pardi, qu'il a du goût pour toi, ce beau monsieur. Tu es assez gentille pour lui plaire.

« Dis-lui bien que tu n'es pas pour lui, et donne-lui son congé, une bonne fois pour toutes...

« Encore 221 jours, ma bonne Marie. Courage... Ça s'avance... Bientôt je serai ton mari.

« En attendant, je t'embrasse bien fort. Voilà ce que j'avais à te dire présentement.

« Celui qui pense toujours à toi...

« Louis Picavet,
« soldat au 31e de ligne
« à Blois (Loir-et-Cher).

« *Post-scriptum.* — J'oubliais de te dire que le petit pot de confiture que tu m'as envoyé, à l'occasion du nouvel an, est à sec. Je l'ai vidé en compagnie de mon caporal qui est un bon garçon. Si, des fois, tu voulais le remplir, dis-le moi, bien vite. Je te l'expédierai. »

Pour copie conforme :

U. Duffa.

Je puis ajouter, en terminant, que ses espérances se sont réalisées.

Mademoiselle Marie, devenue depuis longtemps Madame Picavet, est entourée d'enfants joufflus et roses, dont plusieurs sont déjà grands.

Et le père et la mère sont heureux.

AU JARDIN DU LUXEMBOURG

C'EST dimanche. La foule, endimanchée et joyeuse, se presse autour de la musique militaire, qui fait entendre son premier morceau. Je m'arrête pour l'écouter.

Derrière moi, se tiennent deux femmes qui bavardent ferme. J'entends l'une dire à l'autre :

« Eh ben, Madam' Francart, qu'est-ce que je vous disais ?

— Oh ! la vérité. Je n'ai jamais entendu de plus belle musique. Ça, c'est enlevé, c'est entraînant. J'aime beaucoup les musiques militaires.

— Et moi donc?... Et dire qu'on veut les supprimer.

— Pas possible.

— Dame! je l'ai entendu dire. Il paraît que c'est inutile. On n'en veut plus.

— Oh! les monstres! les monstres! Qu'ils suppriment donc les canards... et qu'ils nous laissent la musique.

— Pour sûr.

— Attention! voilà le deuxième morceau.

— Ah! écoutons...

— Tiens! mais, c'est mélodieux ce début... Vous ne trouvez pas, Madam' Francart?

— Mais oui, ça me fait penser à la messe de ce matin, à Saint-Sulpice... »

Soudain, un crescendo se fait entendre, dominé par des boum! boum! de grosse caisse.

« A la bonne heure! ça va ronfler. Je savais bien que cela ne pouvait durer... »

La grosse caisse continue à donner de plus en plus, au grand contentement de mes deux voisines qui sont dans la jubilation.

Le morceau se termine par un coup sec, comme un coup de massue... Elles applaudissent ferme...

« Dites donc, Madam' Francart, est-ce que, ce n'est pas le concierge du 18, que j'aperçois là-bas, au pied du gros platane ?...

— Où donc ?

— Tenez ! avec sa calotte de velours, sa grosse pipe d'écume, un cadeau du propriétaire.

— Je ne vois pas du tout, ma bonne.

— Justement, il vient de ce côté. Ah ben, s'il me voit...

— Quoi donc... qu'est-ce qui vous prend.

— Oh rien, mais, j'aimerais autant qu'il ne me voie pas, car, voyez-vous, il serait bien capable de dire à ma patronne que j'ai quitté mon pot-au-feu, pour venir entendre la musique. Je le connais...

— Eh ben, mettez-vous là, devant moi, que je vous cache.

— Dites ! il est passé ?...

— Pas encore.

— Et maintenant ?

— Non plus... Il s'arrête... Ma foi, on dirait qu'il vous cherche.

— Ah ! zut alors... ne me faites pas peur... »

Elle rit, et se fait toute petite pour se mieux cacher.

« Vieux grigou, va, tu ne me verras pas. »

Les musiciens se lèvent pour exécuter leur dernier morceau.

(S'adressant à moi). « Pouvez-vous me dire, Monsieur, le morceau qu'on va jouer ?

— Mais certainement, Madame. (Je consulte mon journal, et je lis : *Valse de ma p'tite femme*, par Gauvin.) — Oh ! une valse, Madam' Francart... une valse. Vous qui aimez tant danser ?...

— C'est vrai, j'adore ça... Je ne vais pas pouvoir me retenir... »

Et de fait, elle commence à dodeliner de la tête, aux premières notes de la clarinette... Ses pieds s'agitent dans le gravier.

Voici, maintenant, le cornet à piston qui commence son solo; il a l'air d'exercer un sacerdoce, accompagné de tous les accompagnements. Son chef ne le quitte pas des yeux en agitant sa baguette... Est-ce qu'il serait inquiet à son endroit? Ce serait bien à tort, car il s'en acquitte fort bien.

C'est déjà un artiste. Aussi, on l'applaudit ferme. Mais, je vois bien que cela le laisse indifférent. Loin de s'enorgueillir de ses succès, je ne crois pas me tromper, en disant : qu'il préférerait la classe.

Le concert est terminé. La foule, peu à peu, se disperse aux quatre coins du jardin... Les bambins se remettent à leurs pâtés... les mamans courent à droite, à gauche, à la recherche des disparus... On se pousse aux portes pour sortir...

Seuls, quelques groupes d'étudiants, continuent à tourner à l'entour du kiosque militaire, en compagnie de leurs amies...

Ce sont les moins pressés.

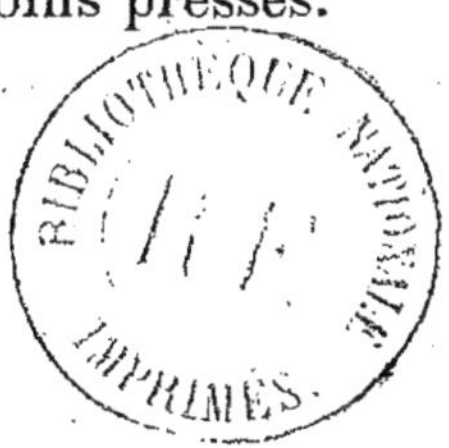

Dialogue entre deux paysans

La scène se passe en chemin de fer. — Deux paysans se rendant à la foire de Ruffec, prennent place dans un wagon de 3e classe, à Angoulême. L'un d'eux tient à la main un journal qu'il vient d'acheter, en passant, à la bibliothèque de la gare... Le train part... Maintenant, il file à toute vapeur sur Ruffec. Le paysan qui tient le journal, le déplie pour le lire...

Soudain, il pousse une exclamation de joie... Il vient de voir la liste des établissements congréganistes qui vont être fermés, en vertu d'un décret paru au *Journal officiel*. Il y en a plusieurs colonnes... Il s'en réjouit...

« Enfin ! ça y est », dit-il (d'un air satisfait).

L'autre paysan, qui ne comprend pas la cause de son exultation, lui demande :

« Il y a du nouveau ?... Antonin.

— Je te crois.

— Hé ! quoi ?...

— Tiens ! regarde. (Il lui montre trois colonnes de son journal en les accompagnant du doigt.) Mille neuf cent quarante-huit écoles de Frères et de Sœurs qui ferment... Enfin ! nous allons en être bientôt débarrassés...

— C'est toi qui parles comme ça, Antonin ?... Ton langage m'étonne... Je te croyais plus de bon sens... Qui donc t'a appris à maudire ces gens, qui n'ont jamais fait que du bien ?...

— Ce sont des calotins.

— Qu'est-ce que c'est que ça, calotin... Je ne comprends pas. Qui dit calotin, dit un honnête homme, entends-tu ?

— Tu es donc calotin aussi, toi ?...

— Mais... je ne rougis pas de le dire, va.

— Et toi, qu'es-tu?... Franc-maçon, peut-être.

— Oh! moi, je suis républicain... je suis, pour la liberté, l'égalité et le reste...

— Ah! ben, pour le coup, mon vieux, tu te trompes de route. Comment se fait-il, alors, qu'étant pour la liberté, comme tu viens de le dire, tu te réjouisses du renvoi des Sœurs... Explique-toi...

— Eh ben, nous pouvons nous en passer... N'avons-nous pas assez d'instituteurs et d'institutrices... nous les payons, pour qu'ils travaillent...

— Ce n'est pas une raison pour empêcher les autres d'en faire autant. Et, les empêcher de travailler, c'est méconnaître la liberté, il me semble.

Tu appelles ça de la liberté, toi, que de venir me dire, à moi, père de famille : « Vous savez, Monsieur, vos enfants iront maintenant à l'école laïque, parce que telle est notre volonté... » Vraiment... que dirais-tu, toi, si on venait te dire : « Désormais, Monsieur, vous achèterez votre pain, chez le boulanger du coin, et non chez celui d'en face, parce que son pain ne nous convient pas... il ne vaut rien. »

Qu'est-ce que tu répondrais ?... Tu répondrais : « Mais, moi, je le trouve très bon et je ne vois pas pourquoi je changerais de boulanger. »

— Bien entendu.

— Là dessus, on te répliquerait que tu n'y connais rien, que tu ne peux pas distinguer le bon pain du mauvais.

— Oh ! ce serait trop fort.

— Bédame ! voilà pourtant ce qui se passe. L'État prétend que l'enseignement congréganiste ne vaut rien, qu'il n'y a que le sien de bon, et sans faire, ni une ni deux, v'lan, il ferme la porte des couvents, après avoir mis tout le monde dehors, autrement dit, il ferme la porte de ma boulangerie, pour que j'aille dans la sienne... Mais, zut (en passant la main devant sa bouche) il n'aura pas ma pratique. Il n'aura pas mes enfants. Ils sont à moi (du moins je le pense), je les habille, je les nourris, et, j'entends les instruire selon mes idées... Entends-tu ? Antonin...

— ..... (Il ne répond pas.)

— J'ai deux filles, qui sont élevées par les Sœurs de chez nous, et je trouve que leur enseignement vaut bien celui de l'État...

— Je ne dis pas non... Je ne dis pas non... Mais, ne faut-il pas réaliser l'unité morale dans le pays, afin qu'il n'y ait qu'une jeunesse ? Et c'est justement pour arriver à cela, que l'on retire l'autorisation aux congrégations.

— On n'y parviendra pas... On n'y parviendra pas, à ton unité morale... C'est moi qui te le dis...

Tiens ! c'est comme si on voulait contraindre les gens à s'habiller contre leur gré, crois-tu qu'on y parviendrait... Celui-ci aime le gris, celui-là aime le bleu, cet autre, c'est le noir qu'il aime, et voilà pourquoi le premier s'habille en gris, le second en bleu et le troisième en noir. Que voulez-vous y faire...

Moi, j'entends que mes filles soient élevées chrétiennement et je ne permets à personne de venir m'en imposer.

Eh ben ! merci, envoyer mes enfants à l'école laïque? jamais de la vie. Je ne veux pas en faire des coquettes... je veux qu'elles soient simples comme leur mère. Or, la Demoiselle de chez nous, me déplaît par sa coquetterie. Je me suis laissé dire, qu'à tout moment, pendant la classe, on la voit se regarder dans une glace à main, qu'elle dissimule dans son pupitre, et si, ses cheveux ne flottent pas comme la crinière de notre jument quand elle trotte, elle n'est pas contente... Il paraît qu'elle cherche à plaire au gars du Café du Commerce. A la promenade, sa conversation roule toujours sur la toilette... C'est une orgueilleuse.

Je voudrais bien que quelqu'un me dise, tout de même, le motif qu'on invoque, pour enlever le droit d'enseigner aux Sœurs ?... En quoi ont-elles démérité... Où est leur crime... Qu'a-t-on à leur reprocher pour justifier cette mesure... Il ne sort de votre bouche que des paroles de haine contre ces saintes femmes, qui ne vous ont jamais rien fait... Quel péril font-elles courir à la République... Qu'on me le dise donc ? Moi, ce que je vois de plus clair dans tout ça, avec mon air bête et ma vue basse, c'est le dépit de voir que leurs écoles sont toujours pleines pendant que les vôtres restent vides... Dites que vous n'aimez guère la concurrence.

Vous voulez, ni plus ni moins, monopoliser l'enseignement comme vous avez fait des allumettes et du tabac. Eh ben, mon ami, nous serons bien servis.

Quand vous parlez de liberté, vous en avez plein la bouche, commencez d'abord par nous la donner. Quant à moi, je puis dire, que je n'en ai jamais vu si peu... Et j'ai soixante-quatorze ans bien sonnés... Mais voici le train qui ralentit sa marche... C'est Ruffec... » Les deux voyageurs descendent. Le dialogue est terminé... Ils parlent maintenant de moutons...

Ce que l'on voit en arrivant à Paris

Le premier soin d'un voyageur qui pénètre dans la capitale, après un séjour plus ou moins long en chemin de fer, c'est de se mettre à l'aise. Et pour cela, que fait-il? Souvent, poussé par un besoin qui ne souffre aucun délai, il se dirige en toute hâte vers un endroit solitaire, que l'on nomme « la cité du Retiro », ou bien encore « le chalet des nécessités ». Arrivé là, que voit-il?

Ses premiers regards se portent involontairement sur des affiches aux couleurs chatoyantes, disposées de telle façon qu'elles s'imposent à la vue de quiconque en franchit le seuil.

Il y en a de rouges, il y en a de jaunes, il y

en a de bleues, il y en a couleur de groseille. J'en ai même vu avec une bande transversale du plus gracieux effet.

Et alors, voici ce qu'on lit :

« Guérison sûre, prompte, radicale des maladies secrètes, voies urinaires, vices du sang; syphilis, par le traitement spécial du docteur A... Guérison radicale à forfait modéré, des rétrécissements, des écoulements intarissables, des varices, ulcères variqueux. Affaiblissement, impuissance, par un puissant réparateur des forces, stimulant énergique des facultés viriles, maladies contagieuses, chancres, syphilis, guérison radicale de tous écoulements récents ou invétérés, guérison assurée des rétrécissements de l'urèthre, etc., etc. »

Et le voyageur, qui vient à Paris pour la première fois, ne manque pas de dire à son retour au pays :

« Voilà ce que l'on voit en arrivant à Paris. Quels farceurs ! Ces Parisiens sont tous avariés !! »

Ces bons francs-maçons

A mon cher Georges de Lagenest.

Officier d'infanterie.

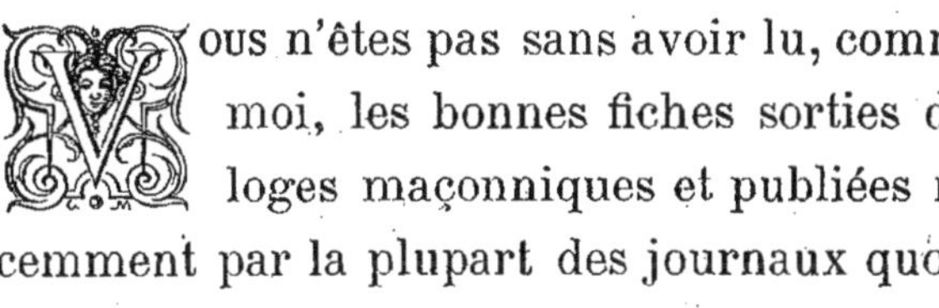

Vous n'êtes pas sans avoir lu, comme moi, les bonnes fiches sorties des loges maçonniques et publiées récemment par la plupart des journaux quotidiens.

Et, comme moi, vous vous êtes dit, sans doute :

« Voilà une vilaine besogne. » Certes, vous ne vous trompez pas.

Que penser, en effet, de ces Vénérables Frères, qui s'en vont, le sourire aux lèvres et l'air mielleux, déblatérer contre ceux qui ont eu la faiblesse de les recevoir ?

Quelle imprévoyance ! et quelle désillusion pour ceux d'entre eux qui s'y sont laissé prendre.

Pauvres fonctionnaires ! Pauvres officiers ! Qui vous eût dit, qu'un jour vous seriez trahis par ces personnages qui s'intitulent vénérables, et qui ne sont autre chose que des espions attachés à vos pas, pour, ensuite, divulguer vos moindres actes ?

Vous voilà édifiés maintenant.

Gardez-vous bien, vous tous, qui êtes fonctionnaires ou officiers, car ils mordent qui se laisse approcher, et leur venin est fait de haine cachée, d'hypocrisie... il vous tuerait. Mais, je vous entends me dire : « A quoi bon me garder. Ne suis-je donc pas libre d'aller et de venir à ma guise, en ce siècle de liberté, et dois-je me cacher comme un malfaiteur vulgaire qui s'apprête à un crime, chaque fois que je serai sur le point de franchir la porte d'une église?

— Eh oui, vous devez vous cacher, sinon vous serez signalé comme un homme dangereux, très dangereux, que dis-je, bon à surveiller, tel un malfaiteur. Voyez donc votre fiche. Est-ce exact? »

Mais je vous vois sourire; c'est donc que vous vous en f...? Mais songez donc au préjudice qui va vous être fait? Vous étiez appelé à un bel avenir, vous auriez eu de l'avancement, des honneurs, la gloire peut-être... Et voici que, de par votre fiche, s'évanouiront vos beaux rêves dorés. Qu'en dites-vous?...

Vous souriez toujours, c'est donc que vous vous en f... de plus en plus...

Vous l'avez dit : « Je suis soldat. La France est ma patrie, c'est pour elle que je vis, c'est pour elle que j'irai un jour, peut-être prochain, combattre et mourir. Voilà pourquoi je me suis fait soldat. Qu'importent, les railleries, les perfidies débitées par ces hommes dépourvus de scrupules. L'armée n'appartient à aucun parti, elle est à la France. » Ainsi parlait un officier, en prenant connaissance de sa fiche. C'est le langage d'un honnête homme et d'un loyal soldat.

Gardez donc vos fiches, Messieurs les francs-maçons, l'odeur qui s'en dégage répugne aux honnêtes gens. Nous ne pouvons les lire sans éprouver de la répulsion.

Il y a quelques années, je fis la connaissance d'un de vos Frères, franc-maçon notoire. Voulez-vous voir sa fiche ?

La voici, d'une authenticité parfaite :

« ... Est aussi beau parleur que menteur... Fait partie de tous les comités électoraux afin de se faire héberger sans bourse délier, car elle est toujours vide... En le voyant, vous le prendriez tout de suite pour un raseur. Vous ne vous tromperiez pas, il l'est au possible. Mais, dès qu'on le connaît, on l'évite, car autrement on ne peut plus s'en débarrasser... Sa physionomie est faite d'intrigue, d'hypocrisie, de bassesse... Il attend un poste qui ne vient jamais. Qu'importe, il ne désespère pas de l'obtenir. Il est vrai de dire que c'est un poste spécial, tout particulier, fait sur mesure, sinon il n'en voudrait pas. Pour qu'il soit à sa convenance, il faut de toute nécessité qu'il ait les conditions suivantes : Bien payé et rien à faire. Car, ses aptitudes ne lui permettent que de remplir ce poste-là...

« En attendant, il passe son temps à lire les gazettes au bout d'une table de café, ce qui lui donne l'aspect d'un paisible rentier. Ses rentes sont faciles à contrôler, bien qu'elles ne soient point inscrites sur le Grand-Livre. Les voici : Il doit à son épicier, à son boucher, à son boulanger, à son charcutier, à son tailleur, à son cordonnier, à son propriétaire, et à moi-même. Autrement dit, il ne paie personne. Dans ces conditions, n'est-il pas rentier? Vous dire où il reste, me mettrait bien en peine. Il a habité tour à tour, tous les arrondissements de Paris, sans payer de terme.

« Nul mieux que lui ne connaît cette maxime: « Là où il n'y a rien, le diable perd ses droits. » Et il en profite. N'empêche, cependant, qu'il se croit le plus honnête homme du monde... »

A vous, cher lecteur, de juger et de conclure.

Ulysse DUFFA.

Paris. — J. Mersch, imp., 4 bis, Av. de Châtillon.